AF554925

Zweig, Stefan / Mendel, el de los libros / Stefan Zweig. - 1a ed. - Ciudad Autónoma de Buenos Aires : EGodot Argentina, 2021. 80 p. ; 23 x 15 cm.

Traducción de: Nicole Narbebury.

ISBN 978-987-8413-80-8

1. Literatura Alemana. 2. Narrativa Alemana. I. Narbebury, Nicole, trad. II. Título. CDD 833

**Título original** Buchmendel, 1929

**Traducción y notas** Nicole Narbebury
**Corrección** Luisa Arditi
**Diseño de tapa y colección** Martín Bo
**Ilustración de tapa y guardas** Juan Pablo Dellacha
**Diseño de interiores** Víctor Malumián

**© Ediciones Godot**
www.edicionesgodot.com.ar
info@edicionesgodot.com.ar
Facebook.com/EdicionesGodot
Twitter.com/EdicionesGodot
Instagram.com/EdicionesGodot
YouTube.com/EdicionesGodot
Buenos Aires, Argentina, 2021

Impreso en Porter, Plaza 1202,
Ciudad Autónoma de Buenos Aires,
República Argentina, en noviembre de 2021.

# Mendel, el de los libros

Stefan Zweig

Traducción y notas
Nicole Narbebury

De vuelta en Viena, tras haber visitado los barrios periféricos, me sorprendió un inesperado chaparrón que con su húmedo látigo perseguía a la gente haciéndola correr hasta las puertas de las casas y otros refugios, e incluso yo mismo tuve que apresurar mi paso para encontrar un techo. Por suerte, en cada esquina de Viena hay un café esperándote, así que me refugié en el que tenía enfrente, con el sombrero goteando y los hombros muy empapados. Una vez adentro, este se reveló como el café de barrio con un estilo tradicional, casi esquemático, sin las imitaciones modernas de los salones de música urbanos que copiaban a Alemania, un café burgués de la antigua Viena, repleto de gente humilde que consumía más diarios que tortas. Al asomarse el atardecer, el aire era ya de por sí asfixiante y estaba veteado densamente por anillos de humo azul, pero, con todo, ese café resultaba limpio, con sus sillones de terciopelo, nuevos a la vista, y su caja registradora de un aluminio brillante. Como estaba apurado, ni me molesté en leer el nombre que aparecía afuera, la verdad, ¿para qué? Me puse cómodo y miré impaciente por los vidrios rebosados de un tinte azul, esperando que a la molesta lluvia se le antojara alejarse un par de kilómetros.

Entonces, ahí estaba yo sentado, sin hacer nada, y empecé a quedar a merced de esa inerte pasividad que emana narcóticamente todo auténtico café vienés de forma imperceptible. Con esta sensación de vacío contemplé a las personas, una por una, a quienes la luz artificial de este espacio de fumadores dibujaba sombras de un gris poco saludable alrededor de sus ojos, observé a la señorita de la caja repartirle mecánicamente al mozo el azúcar y las cucharas para cada taza de café, leí medio dormido e inconsciente los carteles sumamente indiferentes que colgaban de las paredes, y esta especie de letargo casi me hizo sentir bien. Pero de repente y de forma extraña, una tensión recorrió mi cuerpo despertándome de mi somnolencia, una sensación empezó a recorrer mi interior de una forma imprecisamente intranquila, como empieza un dolorcito de dientes, del que uno no sabe bien si viene de la izquierda, de la derecha, de la mandíbula inferior o superior; solo sentí una sorda tensión, un desasosiego espiritual. Porque de repente —no podría decir bien por qué— me di cuenta de que debía haber estado acá alguna vez hacía años y de que debía estar conectado a través de algún recuerdo a esas paredes, a esas sillas, a esas mesas, a ese extraño y humeante espacio.

Pero cuanto más intentaba captar ese recuerdo, más maliciosa y escurridizamente se me escapaba, como una aguaviva relumbrando imprecisa en la base más profunda de la conciencia y, sin embargo, imposible de agarrar, de atrapar. En vano fijé la vista en cada uno de los objetos del establecimiento; es cierto que no conocía algunas cosas, como por ejemplo la caja con su ruidoso tintineo y tampoco el revestimiento marrón de las paredes de una madera de palisandro falso, todo eso debió haberse montado recién más tarde. Pero sí, pero sí, yo había estado acá alguna vez hacía veinte años o más, acá quedó adherido, oculto en lo invisible como el clavo en la madera, algo de mi propio yo, hacía tiempo escondido. A la fuerza, estiré y empujé hacia afuera todos mis sentidos en aquel espacio y al mismo tiempo hacia mi interior, y, sin embargo, ¡carajo!, no lo podía alcanzar, ese recuerdo desaparecido y ahogado en mi mismo cuerpo.

Me enojé, tal como se enoja uno siempre que cualquier fracaso le hace percatarse de la inaccesibilidad e imperfección de las fuerzas mentales. Pero no perdí la esperanza de alcanzar ese recuerdo. Sabía que solo necesitaba un ganchito del cual agarrarme, porque mi memoria era de un genio particular, bueno y malo a la vez; por un lado, porfiado y caprichoso, pero también indescriptiblemente fiel. Digiere lo importante, tanto acontecimientos como caras, lo leído y lo vivido, hundiéndolo a menudo en sus oscuridades, y no saca a la luz nada de este submundo sin forzarlo, solo por aclamación de la voluntad. Pero solo tengo que encontrar la más fugaz parada, una postal, un par de inscripciones en el sobre de una carta, una hoja de diario ahumada, y de inmediato vuelve a brotar lo olvidado, como un pez en el anzuelo, de la oscura y torrentosa superficie, completamente vivo y sensorial. Entonces reconozco cada detalle de una persona, su boca, y en la boca, al reírse, vuelvo a reconocer el hueco de un diente a la izquierda, y el tono carrasposo de esa risa y cómo se le encrespa el bigote cuando se ríe y cómo a raíz de esa risa surge otro nuevo rostro. Todo esto lo veo entonces de inmediato en una completa visión y con los años recuerdo cada palabra que esta persona me ha dicho alguna vez. Pero para ver y sentir lo que he transcurrido, suelo necesitar un estímulo sensorial, un mínimo ayudante de la realidad. Así que cerré los ojos para poder reflexionar de manera más intensa, para darle forma a aquel anzuelo misterioso y agarrarlo. ¡Pero nada! ¡De nuevo, nada!

¡Sepultado y olvidado! Y me enojé tanto por el mal y tenaz aparato retentivo que está entre mis sienes que podría haberme golpeado la frente con los puños, así como uno sacude la máquina expendedora averiada que injustamente se queda con el pedido. No, no podía seguir sentado tranquilo por mucho más tiempo, me irritaba de tal manera este fracaso interno, y estaba tan enojado que me tuve que levantar para desahogarme. Pero qué extraño; apenas había dado los primeros pasos por el local, cuando en mi interior empezó a aparecer centelleante y chispeante un primer resplandor fosforescente. A la derecha de la caja registradora, recordé, debía haber una habitación sin ventanas e iluminada solo con luz artificial. Y efectivamente: así era. Ahí estaba, empapelada de una manera distinta que en aquel entonces, pero exacta en las proporciones, esa habitación trasera cuadrada de contornos desdibujados, la habitación de juegos. Instintivamente miré los diferentes objetos alrededor, con unos nervios que vibraban de alegría (sentí que estaba a punto de saberlo todo). Dos mesas de billar vagaban por ahí como verdes pantanos silenciosos, en las esquinas se amontonaban mesas de juego, en una de las cuales estaban sentados dos consejeros o profesores jugando al ajedrez. Y en la esquina, justo cerca de la estufa de hierro, ahí, por donde se pasaba para ir a la cabina de teléfonos, había una mesita cuadrada. Y en ese entonces, de repente, me atravesó hasta la médula como un relámpago. Y lo supe al instante, al instante, con un único y ardiente empujón que me sacudió de felicidad: por Dios, era el lugar de Mendel, de Jakob Mendel, de Mendel, el de los libros, y después de veinte años volví a parar en su cuartel general, en el Café Gluck, en la parte superior de la calle Alserstraße. Jakob Mendel, cómo pude olvidarlo, me resultaba incomprensible que lo hubiera olvidado durante tanto tiempo, a este ser humano de lo más exótico y a este increíble hombre, a esta singular maravilla del mundo, famosa en la universidad y en un círculo exclusivo y respetuoso... Cómo pude olvidar su recuerdo, a él, el mago y agente de los libros, que estaba todos los días sentado acá inmutable, de la mañana a la noche, ¡un símbolo del conocimiento, gloria y honor del Café Gluck!

Y solo necesité un segundo para dirigir mi vista hacia mi interior y ya de la sangre iluminada de forma pictórica surgió su inconfundible figura plástica. Lo vi inmediatamente en persona, cómo solía sentarse ahí en la mesita cuadrada con la placa de mármol de un gris sucio, que siempre estaba colmada de libros y documentos. Cómo permanecía sentado ahí inmutable e impávido, con la mirada detrás de los lentes fija y clavada hipnóticamente en un libro, cómo permanecía sentado ahí susurrando y rezongando al leer, cómo hamacaba su cuerpo y su pelada mal pulida y manchada hacia adelante y hacia atrás, una costumbre adquirida en el Jéder, la escuela judía para niños del este. Ahí, en esa mesa y solo en ella, él leía sus catálogos y sus libros, como le habían enseñado a leer en la escuela talmúdica, cantando en voz baja y balanceándose, una cuna negra meciéndose. Entonces, así como un chico se queda dormido y el mundo se le escapa de las manos por ese subir y bajar rítmico e hipnótico, de esa manera, según aquellos devotos, el espíritu también se sumerge más fácil en la gracia de la inmersión debido a ese mecerse y balancearse del cuerpo inactivo. Y en efecto, Jakob Mendel no veía ni escuchaba nada de lo que sucedía a su alrededor. Junto a él, los jugadores de billar hacían ruido y alboroto, corrían los marcadores para anotar los puntos, el teléfono emitía un ruido áspero; se fregaba el piso, se prendía la estufa, él no se daba cuenta de nada. Una vez, un carbón ardiente cayó por fuera de la estufa, ya olía a quemado y humeaba el parqué a dos pasos de él cuando un cliente se percató del peligro por el hedor infernal y se apuró a tirarse para extinguir la humareda. Pero él mismo, Jakob Mendel, a solo dos pulgadas de distancia y ya embriagado por el humo, no percibió nada. Leía como otros rezan, como juegan los jugadores y como los borrachos se pierden con la mirada en el vacío; leía con un ensimismamiento tan conmovedor que desde entonces observar la lectura de otras personas siempre me pareció profano. En ese pequeño comerciante de libros de Galitzia, Jakob Mendel, vi por primera vez, siendo joven, el gran secreto de la concentración total, que caracteriza tanto al artista como al erudito, al verdadero sabio como al loco por completo, esa trágica felicidad y desgracia de la obsesión completa.

Un colega de la universidad, mayor que yo, me llevó a conocerlo. En ese entonces, yo estaba investigando al médico y magnetizador paracélsico Mesmer, que hasta el día de hoy sigue siendo poco conocido. Y en efecto la investigación estaba teniendo poco éxito, porque las obras especializadas resultaron insuficientes, y el bibliotecario al que yo, ingenuo novato, le pedí información me gruñó en tono poco amable diciéndome que la bibliografía era cosa mía, no suya. Entonces aquel colega me mencionó por primera vez su nombre:

—Te acompaño a ver a Mendel —me prometió—. Él sabe todo y consigue todo, te alcanza el libro más remoto del anticuario alemán más olvidado. Es el hombre más capaz de Viena y además un tipo singular, un libro-saurio prehistórico de una raza en extinción.

Entonces fuimos juntos al Café Gluck, y véase, ahí estaba sentado Mendel el de los libros, con anteojos, la barba desarreglada, vestido de negro, se balanceaba leyendo como un oscuro arbusto al viento. Nos acercamos, él no lo notó. Simplemente estaba sentado, leyendo y balanceando el torso como si fuera una pagoda, hacia adelante y hacia atrás, por arriba de la mesa, y detrás de él oscilaba su negro y gastado tapado, colgado de un gancho, igualmente abarrotado de revistas y apuntes. Para anunciarnos, mi amigo tosió fuerte. Pero Mendel, con los gruesos lentes presionados con firmeza contra el libro, seguía sin percatarse de nada. Al final, mi amigo dio un golpe sobre la tabla de la mesa, tan ruidoso y enérgico como cuando uno llama a una puerta. Ahí Mendel, por fin, levantó la vista y se apuró a acomodarse los aparatosos lentes de marcos de acero hasta la frente con un movimiento mecánico, y bajo las erizadas cejas de un color gris ceniza dos ojos extraños nos clavaron la mirada, unos ojos pequeños, negros, despiertos, ágiles, afilados y saltarines como la lengua de una serpiente. Mi amigo me presentó y yo formulé mi petición, primero quejándome —mi amigo me había recomendado explícitamente el ardid—, con un tono que parecía que estaba enojado, del bibliotecario, que no me había querido brindar ninguna información. Mendel se reclinó y escupió con cuidado. Después se rio brevemente y con la marcada jerga oriental dijo:

—¿Que no quiso? No, ¡no pudo! E' un *parch*[1], un burro golpeado con el pelo gris. Lo conozco, por desgracia, desde hace uno' bueno' veinte año', pero sigue sin aprender na'. Cobrar el sueldo, ¡e' lo único que saben hace'! Eso' señore' doctore' mejor estarían arrastrando ladrillo', en ve' de meterse con lo' libro'.

Con esta fuerte descarga afectiva se había roto el hielo y un amable ademán me invitó, por primera vez, a sentarme a esa mesa de mármol cuadrada, a ese altar de revelaciones bibliófilas que aún desconocía. Expliqué rápidamente mis deseos: las obras contemporáneas sobre magnetismo, así como todos los libros y polémicas posteriores a favor y en contra de Mesmer. Ni bien terminé, Mendel entrecerró durante un segundo el ojo izquierdo, igual que un tirador a punto de disparar. Pero, la verdad, ese gesto de concentrada atención

1. Término en ídish para referirse a un burro.

duró solo un segundo, después enumeró rápidamente y de corrido, como si estuviera leyendo de un catálogo invisible, dos o tres docenas de libros, cada uno con el lugar de publicación, la fecha y el precio aproximado. Me quedé asombrado. A pesar de que venía preparado, esto no me lo esperaba. Pero mi perplejidad pareció gustarle, porque enseguida siguió tocando sobre el teclado de su memoria las más maravillosas paráfrasis bibliotecarias de mi tema. Me preguntó si quería saber también algo sobre los sonámbulos y sobre los primeros experimentos con la hipnosis y sobre Gaßner, exorcismos y la ciencia cristiana y la Madame Blavatsky. Los nombres, los títulos, las descripciones volvieron a crepitar; recién ahí entendí con qué prodigio único de la memoria me había encontrado, de hecho, con una enciclopedia, con un catálogo universal sobre dos piernas. Completamente aturdido, miré fijo a ese fenómeno bibliográfico, disfrazado bajo la cubierta poco insignificante, hasta incluso algo grasosa, de un pequeño comerciante de libros de Galitzia, que, tras haberme recitado unos ochenta nombres, al parecer sin darse cuenta, pero por dentro satisfecho por su triunfo, se limpiaba los lentes con un pañuelo que tal vez alguna vez había sido blanco. Para disimular un poco mi asombro, le pregunté con timidez cuáles de esos libros me podría conseguir.

—Y bueno, veamo' qué se puede hace' —rezongó—. Vuelva mañana para acá que el Mendel en el medio le conseguirá alguito, y lo que no se encuentre, se encontrará en algún otro lugar. Si uno tiene *sechel*[2], también tiene suerte.

Le agradecí con cortesía y enseguida, por pura amabilidad, cometí una enorme estupidez al sugerirle que se anotara los títulos de los libros que yo deseaba. En ese mismo momento, sentí el codazo de mi amigo para advertirme. ¡Pero ya era demasiado tarde! Mendel ya me había echado una mirada —¡qué mirada!—, una mirada triunfante y ofendida, burlona y de superioridad, una mirada hasta de reyes, la mirada shakesperiana de Macbeth cuando Macduff le exige al héroe invencible que se entregue sin luchar. Después volvió a reírse brevemente,

2. Término en ídish para referirse al intelecto.

la gran nuez de su garganta glugluteó de arriba hacia abajo de una manera extraña, al parecer se había tragado con esfuerzo una palabra grosera. Y hubiera tenido razón con cualquier grosería imaginable, el buen y serio Mendel, el de los libros; porque solo un extraño, un ignorante (un "*amhorez*"[3], como él decía) podía atreverse a hacerle una propuesta tan humillante a él, a Jakob Mendel, pedirle a él, a Jakob Mendel, que anotara el título de un libro como si fuese el aprendiz de una librería o el empleado de una biblioteca, como si alguna vez esa incomparable, esa diamantina mente libresca hubiera tenido necesidad de tal recurso ordinario. Recién más tarde me di cuenta de cuánto debí haber ofendido su genio extravagante con aquella amable oferta; porque Jakob Mendel, ese judío de Galitzia, pequeño, arrugado, envuelto en su barba y además jorobado, era un titán de la memoria. Detrás de esa frente calcárea, sucia, cubierta de un musgo gris, se encontraban, como estampados con acero por la invisible mano fantasmal de la memoria, cada nombre

3. Término en ídish para referirse a alguien ignorante en cuanto a cuestiones religiosas.

y cada título que se hubieran impreso alguna vez en la portada de un libro. Sabía de cada obra, de las recién publicadas como de las de hace doscientos años, sabía en el momento lugar de publicación, autor, precio, si era nueva o de anticuario, y al mismo tiempo se acordaba con una precisión impecable de la encuadernación, las ilustraciones y las separatas facsimilares. Veía cada obra —daba lo mismo si la había tenido en las manos o si la había divisado alguna vez de lejos en una vidriera o una biblioteca— con la misma claridad óptica con la que el artista ve sus creaciones interiores aún invisibles para el resto del mundo. Se acordaba, por ejemplo, cuando un libro estaba en oferta en el catálogo de un anticuario de Ratisbona por seis marcos e inmediatamente recordaba que un ejemplar diferente de ese mismo libro se habría podido conseguir dos años antes en una subasta en Viena por cuatro coronas, y a la vez también el rematante: no, Jakob Mendel no se olvidaba nunca de un título, de un número, conocía cada planta, cada infusorio, cada estrella del cosmos eternamente oscilante y movedizo del universo de los libros. Sabía de cada especialidad más que los especialistas, dominaba las bibliotecas mejor que los bibliotecarios, conocía de memoria los depósitos de la mayoría de las empresas mejor que sus dueños, a pesar de sus notas y ficheros, mientras que él tenía a su disposición nada más que la magia del recuerdo, la memoria incomparable que solo se explicita verdaderamente en cientos de ejemplos singulares. Por cierto, esa memoria solo pudo formarse y configurarse de una manera tan demoníacamente infalible a través del eterno secreto de cualquier perfección: a través de la concentración. Por fuera de los libros, este hombre peculiar no conocía nada más del mundo, porque todos los fenómenos de la existencia empezaban a ser reales para él recién cuando se vertían en caracteres, cuando se reunían en un libro y se esterilizaban, por así decirlo. Pero él no leía los libros por su sentido, por su contenido intelectual y narrativo: solo atraían su pasión su nombre, su precio, su forma de publicación, su primera portada. Esa memoria específica de anticuario de Jakob Mendel, que en realidad era poco productiva y poco creativa, un mero registro de cientos de miles de títulos y nombres grabados en la flexible corteza cerebral de un mamífero; esa memoria, en vez de estar como siempre escrita en el catálogo de un libro, era, sin embargo, en su perfección única no menos que la de Napoleón por las fisonomías, la de Mezzofanti por los idiomas, la de Lasker por las aperturas de ajedrez, la de Busoni por la música. Este cerebro utilizado en un seminario, en un puesto público, habría enseñado y sorprendido a miles, a cientos de miles de estudiantes y eruditos, habría sido productivo para las ciencias, una adquisición incomparable para aquellas tesorerías públicas que llamamos bibliotecas. Pero para él, el pequeño comerciante de libros de Galitzia sin formación, que apenas había podido con la escuela de Talmud, ese mundo superior estaba para siempre cerrado. De esta manera, esas fantásticas capacidades solo pudieron repercutir como una ciencia secreta en aquella mesa de mármol del Café Gluck. Pero si alguna vez apareciera el gran psicólogo (esa obra sigue faltando en nuestro mundo intelectual) e intentase describir y clasificar todas las variedades, especies y formas primitivas de esa fuerza mágica que nosotros llamamos memoria y explicar sus variantes, con la misma paciencia y perseverancia que tuvo el conde de Buffon para ordenar y clasificar las variedades de especies animales, entonces debería hablar de Jakob Mendel, ese genio de los precios y los títulos, ese maestro sin nombre de la ciencia antigua.

Por la profesión y para los ignorantes, Jakob Mendel parecía ni más ni menos un mero regaterito[4] de libros. Todos los domingos aparecían en los diarios *Neue Freie Presse* y *Neues Wiener Tagblatt* los mismos anuncios estereotipados: "Compro libros viejos, pago los mejores precios, voy enseguida, Mendel, al final de la calle Alserstraße", y a continuación escribía un número de teléfono, que en realidad era el del Café Gluck. Revolvía depósitos, arrastraba todas las semanas un nuevo botín hasta su cuartel general, ayudado por un viejo vasallo de barba imperial, y desde ahí volvía a empezar, porque para tener una librería en regla le faltaba la concesión. Entonces no le quedó otra que limitarse a ser un regaterito, a realizar una actividad menos

4. El término alemán *Schacherer* tiene una connotación antisemita. Por eso, decidí traducirlo por un término peyorativo como "regaterito".

lucrativa. Los estudiantes le vendían sus manuales, que pasaban a través de sus manos de un curso anterior al siguiente, además tramitaba y conseguía cualquier obra buscada a cambio de un bajo costo extra. Con él, un buen consejo era barato. La plata no ocupaba espacio dentro de su mundo; porque nunca se lo había visto a él de otra manera que no fuera con el mismo saco gastado, tomando, por la mañana, por la tarde y por la noche, su leche acompañada de dos panes, comiendo al mediodía un bocadito que le alcanzaban del restaurante de enfrente. No fumaba, no jugaba, hasta se puede decir que no vivía. Solo sus dos ojos vivían detrás de los lentes y no paraban de alimentar el cerebro de este ser enigmático con palabras, títulos y nombres. Y esa masa blanda y fecunda absorbía con voracidad esa plétora de documentos, de la misma forma que una pradera absorbe los miles, pero miles, de gotas de una lluvia. Las personas no le interesaban y de todas las pasiones humanas él solo conocía quizás una, por supuesto la más humana de todas: la vanidad. El simple hecho de que alguien que ya había buscado en cientos de otros lugares, cansado, recurriera a él en busca de información y él pudiera dársela de inmediato le resultaba extremadamente satisfactorio y placentero, así como también la idea de que en Viena y en el extranjero vivieran un par de docenas de personas que honraban y necesitaban sus conocimientos. En cada uno de esos desproporcionados conglomerados de millones de personas que llamamos metrópolis siempre hay algunas pequeñas facetas desparramadas en pocos puntos que reflejan el mismo universo en una ínfima superficie, un universo invisible para la mayoría, valioso solo para el experto, para el hermano en la pasión. Y todos los aficionados de libros conocían a Jakob Mendel. De la misma forma que cuando uno quería un consejo sobre una partitura se dirigía a la *Gesellschaft der Musikfreunde* [Sociedad de Amigos de la Música] para hablar con Eusebius Mandyczewski, que estaba sentado, amable, ahí con su gorrita gris, inmerso en sus documentos y notas, y al primer vistazo resolvía sonriendo los problemas más difíciles, de la misma forma que hoy en día cualquiera que necesite información sobre el teatro y la cultura de la tradición vienesa sigue dirigiéndose infaliblemente al padre sabelotodo Glossy, los pocos bibliófilos ortodoxos vieneses, ni bien se encontraban con un hueso particularmente duro de roer, peregrinaban con la misma naturalidad y confianza al Café Gluck para verlo a Jakob Mendel. Observar a Mendel en tales consultas me generaba a mí, un joven curioso, una lujuria de una naturaleza especial. Mientras que al mostrarle un libro de menor valor solía cerrar la tapa con desprecio y se limitaba a murmurar: "Dos coronas", ante cualquier rareza o algo extraño se inclinaba hacia atrás con respeto, ponía una hoja de papel por debajo y uno veía cómo de repente se avergonzaba de sus dedos sucios, llenos de tinta y con las uñas negras. Luego empezaba de forma tierna y cuidadosa a ojear la rareza con un enorme respeto, página por página. Nadie podía molestarlo en aquel instante, como tampoco se puede estorbar a un verdadero creyente al rezar, y de hecho ese mirar, tocar, oler y ponderar, cada una de estas acciones individuales tenían algo de ceremonial, se parecían a los ritos sagrados de una ceremonia religiosa. Su espalda encorvada iba y venía mientras murmuraba y rezongaba, se rascaba la cabeza, emitía extraños sonidos primitivos y vocálicos, unos prolongados, casi atemorizados "ah" y "oh" de extasiada admiración y luego, de nuevo, un rápido y sobresaltado "ay" o "uf", cuando resultaba que faltaba una página o una hoja había sido devorada por una carcoma. Al final mecía el libraco con respeto sobre su mano, olfateaba y olisqueaba el bloque tosco con los ojos entrecerrados, no menos conmovido que una chica sentimental con un nardo. Por supuesto que, durante ese procedimiento algo detallado, el dueño debía mantener la calma. Pero, tras haber terminado el examen, Mendel se mostraba dispuesto —sí, prácticamente emocionado— a brindar toda la información, a la que se le sumaban sin falta largas anécdotas e informes dramáticos de los precios de ejemplares parecidos. En esos segundos parecía más lúcido, más joven y más vivo, y solo había una cosa que podía irritarlo excesivamente: por ejemplo, cuando un novato quería ofrecerle dinero por su evaluación. Entonces se echaba para atrás, ofendido, como un consejero áulico de una galería al que un viajero norteamericano le quiere ofrecer propina por su explicación; porque para Mendel poder tener un libro valioso en las manos significaba lo que para otros el encuentro con una mujer. Esos momentos eran sus noches de amor platónico. Solo el libro, ni siquiera el dinero ejercía poder sobre él. Por eso, los grandes coleccionistas, entre ellos el fundador de la Universidad de Princeton, intentaron en vano ganárselo como consejero y comprador para sus bibliotecas; Jakob Mendel se rehusaba, solo se lo podía imaginar en el Café Gluck. Treinta y tres años atrás, aún con la barba suave con vellos negros y rulos ensortijados en la frente, era un muchachito encorvado que había venido del este a Viena para convertirse en rabino, pero pronto había abandonado al exigente y único Dios, Jehová, para entregarse al politeísmo brillante y de mil formas de los libros. En ese entonces había encontrado el Café Gluck, que de a poco se fue convirtiendo en su taller, en su cuartel general, en su oficina de correos, en su mundo. Solitario como un astrónomo que en su observatorio estudia todas las noches las miríadas de estrellas por la pequeña hendidura redonda del telescopio, sus misteriosas evoluciones, su caos cambiante, su apagarse y volverse a encender, de esa manera Jakob Mendel contemplaba a través de sus lentes desde esa mesa cuadrada ese otro universo de los libros, que de igual manera gira por siempre y renace transformándose en ese mundo superior al nuestro.

Claramente gozaba de gran prestigio en el Café Gluck, cuya fama, para nosotros, se debía mucho más a su cátedra invisible que al hecho de llevar el apellido del gran músico, compositor de *Alcestes* y de *Ifigenia*: Christoph Willibald Gluck. Era parte del inventario, al igual que la vieja caja registradora de madera de cerezo, los dos billares mal remendados, la cafetera de cobre. Su mesa se protegía como un santuario. Como el personal siempre invitaba amablemente a sus clientes o agentes a consumir algo, la mayor parte de la ganancia de su ciencia en realidad iba a parar a la ancha cartera de cuero que Deubler, el encargado, llevaba en sus caderas. Por eso, Mendel el de los libros gozaba de múltiples privilegios. Podía usar el teléfono de forma gratuita, le guardaban sus cartas y le hacían sus mandados; la vieja y amable encargada de limpiar los baños le cepillaba el tapado, le cosía los botones y todas las semanas le llevaba un pequeño paquete de ropa a lavar. Solo a él le permitían llevar el almuerzo del restaurante vecino y todas las mañanas el Sr. Standhartner en persona, el dueño, se acercaba hasta su mesa y lo saludaba (por supuesto, la mayoría de las veces sin que Jakob Mendel, inmerso en sus libros, se diera cuenta). A las siete y media en punto, ingresaba todas las mañanas al local y recién cuando apagaban las luces lo abandonaba. No hablaba nunca con los demás clientes, no leía ningún diario, no se daba cuenta de ningún cambio a su alrededor, y cuando una vez el Sr. Standhartner le preguntó con amabilidad si acaso con la luz eléctrica no leía mejor que antes, con el pálido y vacilante resplandor de la lámpara de gas, él levantó y fijó la vista con asombro en los foquitos: a pesar del ruido y el martilleo de una instalación de varios días, este cambio le había pasado desapercibido por completo. Solo a través de los dos agujeros redondos de los anteojos, a través de esas dos lentes brillantes y absorbentes se infiltraban los millares de infusorios negros de los caracteres en su cerebro, cualquier otro acontecimiento le pasaba fluyendo por al lado como un ruido sordo. De hecho, se pasó más de treinta años, es decir, toda la parte despierta de su vida, únicamente leyendo en esa mesa cuadrada, comparando, calculando, en una somnolencia permanente y asidua que solo se veía interrumpida por el sueño.

Por lo tanto, me invadió una especie de horror cuando vi la mesa de mármol de Jakob Mendel, administradora de oráculos, vacía como una losa sepulcral oscureciéndose en ese espacio. Recién ahí, siendo ya un poco más viejo, entendí cuánto es lo que desaparece con personas como esa. En primer lugar, porque todo lo único con el correr de los días se convierte en algo más valioso en nuestro mundo, que sin salvación se va tornando en uno cada vez más monótono. Y entonces, cuando era un joven sin experiencia, tuve una profunda corazonada y me había encariñado mucho con ese tal Jakob Mendel. Gracias a él, me había acercado por primera vez al enorme misterio de que todo lo particular y lo todopoderoso en nuestra existencia es el mero fruto de la concentración interior, de una monomanía sublime y sagradamente afín a la locura. Mejor que nuestros poetas contemporáneos, ese pequeño comerciante de libros, completamente desconocido, me había enseñado con su ejemplo, cuando aún era joven, que una vida espiritual pura, la completa abstracción en una única idea, puede seguir sucediendo hoy en día, una sumersión no menor que la de un yogui indio o un monje medieval en su celda, e incluso se origina en un café iluminado eléctricamente junto a una cabina telefónica. Y, sin embargo, fui capaz de olvidarlo. No cabe duda de que fue en los años de la guerra y en una de mis entregas a mis propias obras, parecidas a las suyas. Pero ahora, delante de esa mesa vacía, sentí una especie de vergüenza frente a él y a la vez una curiosidad renovada.

Porque, ¿adónde se había ido? ¿Qué le había pasado? Llamé al mozo y le pregunté. No, me respondió, que lo sentía, que no conocía a un tal Sr. Mendel, que un señor con ese nombre no frecuentaba el café. Pero que, tal vez, el encargado sabía algo, añadió. La panza de cerveza del jefe se asomó avanzando con lentitud, vaciló, reflexionó y dijo que no, que él tampoco conocía a un tal Sr. Mendel. Pero me preguntó si tal vez me estaba refiriendo al Sr. Mandl, el Sr. Mandl de la mercería de la calle Florianigasse. Me sobrevino un gusto amargo en los labios, gusto a vanidad: ¿para qué vivimos si el viento se lleva detrás de nuestros zapatos las últimas huellas de nuestro paso? Durante treinta años, quizás cuarenta, una persona había respirado, leído, pensado, hablado, en esos pocos metros cuadrados de habitación, y solo tenían que pasar tres, cuatro años, o tenía que venir un nuevo faraón para que ya nadie se acordara de José, nadie del Café Gluck sabía nada de Jakob Mendel, ¡de Mendel el de los libros! Casi furioso le pregunté al encargado si no podía hablar con el Sr. Standhartner, o si no con cualquiera que estuviera presente del antiguo personal. Oh, el Sr. Standhartner, oh, mi Dios, ya hacía tiempo que había vendido el café, se había muerto, y el anterior encargado estaba viviendo en su granja, cerca de Krems, respondió. Y añadió que no, que ya no quedaba nadie ahí... ¡O sí! Pero sí, claro. Sigue estando la señora Sporschil, la encargada de los baños (alias la mujer de chocolate). Pero ella seguro que no se acuerda de los clientes, dijo. Inmediatamente pensé: a un Jakob Mendel no se lo olvida, y pedí que la llamaran.

La señora Sporschil, con el pelo blanco, despeinada, se acercó desde sus recónditos aposentos dando pasos un poco hidrópicos, frotándose aún apresuradamente las manos rojas con un trapo: era obvio que justo había terminado de barrer su turbia piecita o que acababa de limpiar las ventanas. Por su manera insegura de aparecer, enseguida noté: le incomodaba que la llamaran así, tan de repente, para que fuera hacia adelante, bajo los grandes focos, hacia la parte noble del café. La gente de Viena piensa enseguida en detectives y en la policía cuando alguien desea interrogarlos. Entonces, al principio, ella me miró con desconfianza, de arriba abajo, una mirada muy cuidadosamente sumisa. ¿Qué podía querer yo de ella? Pero ni bien le pregunté por Jakob Mendel, me miró con ojos llenos, casi llorosos, y los hombros se le levantaron de golpe:

—¡Dios mío! El pobre señor Mendel, ¡y que todavía haya alguien que siga pensando en él! Sí, el pobre señor Mendel.

Estaba a punto de llorar de emoción, como siempre les sucede a las personas mayores cuando piensan en su juventud y en los buenos momentos de felicidad ya olvidados. Le pregunté si todavía estaba vivo.

—Oh, Dios mío, el pobre señor Mendel, cinco o seis años, no, debe haber muerto hace siete años. Un hombre muy querido, muy bueno, y cuando pienso durante cuánto tiempo lo conocí, más de veinticinco años, él ya estaba ahí cuando yo entré. Y fue una vergüenza cómo lo dejaron morir.

Se puso cada vez más nerviosa, me preguntó si era un pariente. Me dijo que nadie lo había cuidado, nadie se había interesado por él, y me preguntó si sabía lo que le había pasado.

No, no sé nada, aseguré; y le pedí que me contara, que me contara todo. La buena persona me miraba tímida y avergonzada y seguía limpiándose las manos mojadas. Lo entendí: le daba vergüenza estar parada ahí en el medio del café como la encargada de la limpieza con el delantal sucio y el cabello blanco despeinado, y siempre miraba con timidez hacia la derecha y la izquierda, para ver si uno de los mozos estaba escuchando. Así que le sugerí que fuéramos a la sala de juegos, al lado del antiguo lugar de Mendel, ahí debería contármelo todo. Conmovida, asintió con la cabeza, agradecida de que la entendiera, y siguió adelante, la vieja y ya un poco tambaleante mujer, y yo la seguí. Los dos mozos nos siguieron con la mirada, sintieron una complicidad, y algunos clientes también se asombraron de nosotros, una pareja tan desigual. Y cuando nos sentamos al otro lado de la mesa de Mendel, me contó (otro informe me completó algunos baches más tarde) sobre el final de Jakob Mendel, de Mendel el de los libros.

Bueno, entonces, me contó que incluso después del comienzo de la guerra, él siguió yendo, día tras día, a las siete y media de la mañana, y se sentaba exactamente como siempre lo había hecho y estudiaba todo el día como de costumbre, y que todos tenían la sensación e incluso solían decir que él ni siquiera se había dado cuenta de que estábamos en guerra. La señora siguió diciendo que ella sabía que él nunca había mirado un diario, ni tampoco había hablado con alguien; pero incluso cuando los pregoneros armaban un ruido infernal para avisar de las ediciones extra y todos los demás corrían a su encuentro, él nunca se levantaba ni prestaba atención. Ni siquiera se dio cuenta de que faltaba Franz, el mozo (que había caído cerca de Gorlice), y no sabía que habían atrapado al hijo del Sr. Standhartner en Przemysl, y nunca dijo ni una palabra de cómo el pan se había vuelto cada vez más duro y en lugar de la leche había que darle el miserable brebaje de higos. Solo una vez se sorprendió de que fueran tan pocos estudiantes, eso fue todo. "Dios mío, pobrecito, nada le agradaba ni le preocupaba más que sus libros".

Pero luego, un día ocurrió la desgracia. A las once de la mañana, a plena luz del día, llegó un gendarme con un oficial de la policía secreta, mostró la chapa que llevaba en el ojal y preguntó si un tal Jakob Mendel solía frecuentar el lugar. Entonces se dirigieron directamente a la mesa de Mendel y él pensó, sin sospechar nada, que querían venderle libros o preguntarle algo. Pero de inmediato le pidieron que los acompañara y se lo llevaron. Fue una verdadera vergüenza para el café, todos se pararon alrededor del pobre Sr. Mendel mientras él estaba ahí entre los dos, con los lentes sobre la frente, mirando de un lado a otro, de un hombre a otro, sin saber muy bien qué querían realmente de él. Pero ella, en un abrir y cerrar de ojos, empezó a decirle al gendarme que debía tratarse de un error, que un hombre como el Sr. Mendel no podía hacerle daño ni a una mosca. Luego, el de la policía secreta le gritó que no interfiriera en los asuntos oficiales. Y después se lo llevaron y no volvió a aparecer durante mucho tiempo, durante dos años. Hasta el día de hoy ella no sabe muy bien qué habían querido de él.

—Pero le juro —dijo emocionada la vieja mujer—, el Sr. Mendel no pudo haber hecho nada malo. Se equivocaron, pongo las manos en el fuego. Fue un crimen contra el pobre hombre inocente, ¡un crimen!

Y la buena y conmovedora Sra. Sporschil tenía razón. Nuestro amigo Jakob Mendel realmente no había hecho nada malo, solo (recién más tarde me enteré de todos los detalles) una delirante estupidez, conmovedora, completamente improbable incluso en esos tiempos locos, algo que solo se puede explicar por su inmersión total, porque él siempre estaba en la luna. Había sucedido lo siguiente: un día en la oficina encargada de la censura militar y de vigilar toda correspondencia con países extranjeros, fue interceptada una postal, escrita y firmada por un tal Jakob Mendel, correctamente franqueada para el extranjero, pero —increíble caso— dirigida al país extranjero enemigo, una postal para Jean Labourdaire, librero, dirigida a París, Quai de Grenelle, en la que un tal Jakob Mendel se quejaba de no haber recibido los últimos ocho números mensuales del *Bulletin Bibliographique de la France*, a pesar de haber pagado por adelantado la suscripción anual. El oficial de censura de inferior rango, un profesor de instituto especializado en filología románica al que habían disfrazado con el uniforme azul de la guardia nacional, se asombró cuando este documento llegó a sus manos. Una broma estúpida, pensó.

Entre las dos mil cartas que registraba por semana en busca de mensajes dudosos y frases sospechosas de espionaje, nunca se había encontrado con un hecho tan absurdo como ese: que alguien de Austria dirigiera una carta a Francia sin preocupaciones, es decir, que alguien arrojara al buzón así como si nada una carta dirigida al país extranjero que había empezado la guerra, como si desde 1914 esa frontera no hubiera estado atada con alambres de púas y como si cada día Francia, Alemania, Austria y Rusia no hubieran reducido de forma recíproca su población masculina en unos miles de hombres. Por eso, en principio puso la postal como curiosidad en el cajón de su escritorio sin denunciar este absurdo hecho. Pero, después de unas semanas, llegó otra tarjeta del mismo Jakob Mendel a un librero, John Aldridge, Londres, Holborn Square, preguntándole si podía conseguirle los últimos números del *Antiquarian*, y volvía a estar firmada por el mismo extraño individuo, quien con una conmovedora ingenuidad había escrito su dirección completa. Ahora, el profesor de instituto se empezaba a sentir ahogado en su uniforme. ¿Acaso había algún misterioso significado cifrado detrás de toda esa torpe broma? De todos modos, se levantó, juntó los tacones haciéndolos chocar y puso las dos cartas sobre la mesa del comandante mayor. El comandante se encogió de hombros: ¡qué extraño caso! Primero notificó a la policía para que investigara si ese Jakob Mendel realmente existía, y una hora después Jakob Mendel había sido arrestado y, todavía tambaleante por la sorpresa, llevado ante el comandante. Este le presentó las misteriosas postales y lo interrogó para ver si confesaba ser el remitente. Emocionado por el tono severo y, sobre todo, porque lo habían encontrado leyendo un catálogo importante, Mendel empezó a vociferar casi con rudeza que por supuesto era él quien había escrito estas tarjetas. Añadió que, por cierto, uno tiene derecho a reclamar por una suscripción que ya ha pagado. El comandante se inclinó en el sillón hacia el teniente de la mesa vecina. Los dos se miraron guiñándose los ojos en señal de complicidad: ¡un loco de remate! Luego, el comandante consideró si debía solo gruñirle al bobo aquel y echarlo o si debía tomarse el caso en serio. Cuando un funcionario se encuentra en este tipo de apuros inconclusos, casi siempre se decide abrir primero un expediente. Un expediente siempre está bien. Si no sirve para nada, no le hace daño a nadie, es solo una mera hoja de papel inútil escrita entre millones.

En este caso, sin embargo, lamentablemente se perjudicó a una pobre e inocente persona, porque ya con la tercera pregunta salió a la luz algo muy fatal. Primero le preguntaron su nombre: Jakob, más exactamente, Jainkeff Mendel. Profesión: vendedor ambulante (no tenía licencia de librero, solo una de vendedor ambulante). La tercera pregunta se convirtió en un desastre: el lugar de nacimiento. Jakob Mendel nombró un pequeño lugar cerca de Petrikau. El comandante levantó las cejas. Petrikau, ¿acaso eso no estaba en la Polonia rusa, cerca de la frontera? ¡Sospechoso! ¡Muy sospechoso! De modo que empezó a inquirir de forma más severa cuándo había adquirido la ciudadanía austríaca. Los anteojos de Mendel fijaron la vista en él con una expresión sombría y asombrada: no entendía del todo. El comandante exclamó: "¡Carajo!", y volvió a preguntarle si tenía sus papeles, sus documentos y de dónde los había sacado. A lo que Mendel respondió que él no tenía más que la licencia de vendedor ambulante. El comandante frunció el ceño aún más y le pidió que explicara de una buena vez qué pasaba con su ciudadanía. Le preguntó la nacionalidad de su padre, si era austríaco o ruso. Jakob Mendel respondió con calma: ruso, por supuesto. ¿Y él mismo? Oh, respondió, que para no tener que servir en el ejército había pasado de contrabando a través de la frontera rusa hacía treinta y tres años, y desde entonces vivía en Viena. El comandante estaba cada vez más inquieto. Le preguntó cuándo había adquirido la ciudadanía austríaca. ¿Para qué?, preguntó Mendel. Nunca se preocupó por esas cosas. Entonces, ¿sigue siendo ciudadano ruso? Y Mendel, a quien esa lúgubre manía de preguntar ya lo había aburrido hacía rato, respondió con indiferencia:

—En realidad, sí.

El comandante, en estado de shock, se echó hacia atrás tan bruscamente que la silla crujió. ¡Así que era posible! En Viena, la capital de Austria, en plena guerra, a fines de 1915, después de Tarnow y de la gran ofensiva, un ruso se paseaba sin ser molestado, escribía cartas a Francia e Inglaterra, y a la policía no le importaba nada. Y luego los estúpidos de los diarios se sorprendían de que Conrad von Hötzendorf no avanzara de inmediato a Varsovia, en el Estado Mayor se asombraban cuando cada movimiento de tropas era informado por espías a Rusia. El teniente también se había levantado y se había sentado a la mesa: la conversación se tornó de forma brusca en un interrogatorio. ¿Por qué no se había registrado de inmediato como extranjero? Mendel, todavía ingenuo, respondió en su jerga judía cantarina:

—¿Por qué en un principio tendría que haberme registrado?

En esta respuesta interrogativa, el comandante divisó una provocación y preguntó en tono amenazante si no había leído los anuncios. ¡No! ¿No leía tampoco los diarios? ¡No!

Los dos miraron a Jakob Mendel, que ya había empezado a sudar un poco por la incertidumbre, como si la luna hubiera caído en el medio de su oficina. Luego sonó el teléfono, las máquinas de escribir tintinearon, los ordenanzas se precipitaron y Jakob Mendel fue entregado a la cárcel de guarnición militar, en la que se quedaría hasta ser llevado a un campo de concentración con la siguiente hornada. Cuando se le indicó que siguiera a los dos soldados, se quedó mirando absorto sin comprender. No entendía lo que querían de él, pero en realidad no estaba preocupado. Después de todo, ¿qué podía tener planeado para él el hombre del cuello dorado y la voz grosera? En su mundo superior de libros no había guerra, no había malentendidos, solo el conocimiento eterno y el querer saber más números y palabras, títulos y nombres. De modo que bajó tranquilo las escaleras escoltado por los dos soldados. Fue recién cuando la policía le sacó todos los libros de los bolsillos del abrigo y le exigió que entregara la billetera, en la que había guardado un centenar de papeles importantes y direcciones de clientes, que comenzó a enojarse y a dar golpes a su alrededor. Tuvieron que sujetarlo. Y en medio de eso, desafortunadamente, sus anteojos se cayeron y chocaron contra el suelo, y así su telescopio mágico, que lo conectaba con el mundo intelectual, se rompió en miles de pedazos. Dos días después, con un fino abrigo de verano, fue enviado a un campo de concentración para prisioneros civiles rusos cerca de Komárno.

Qué tipo de horror psicológico experimentó Jakob Mendel en esos dos años de campo de concentración, sin libros, sus amados libros, sin dinero, en medio de sus compañeros de este enorme estiércol humano, indiferentes, toscos, mayoritariamente analfabetos, lo que allí sufrió, separado de su superior y único mundo de libros, como un águila con las alas cortadas arrancada de su elemento etéreo... No había testigos de esto. Pero poco a poco la humanidad desilusionada de su propia locura se fue enterando de todas las atrocidades y abusos criminales de esta guerra. De ellas, la más insensata, superflua y, por lo tanto, en términos morales la más imperdonable fue la detención y el confinamiento de civiles desprevenidos, detrás de un alambre de púas, civiles que ya hacía tiempo habían superado la edad para prestar servicio en el ejército, que habían vivido durante muchos años en un país extranjero como si fuera su propia patria. Y por creer en el derecho a la hospitalidad, incluso sagrado para los tunguses y araucanos, habían perdido la oportunidad de escapar a tiempo... Un crimen contra la civilización, a su vez cometido sin sentido en Francia, Alemania e Inglaterra, en cada terrón de nuestra enloquecida Europa. Y tal vez Jakob Mendel, como otro centenar de personas inocentes, se habría vuelto loco en este vallado o habría perecido de forma miserable de disentería, de agotamiento, de trastornos mentales, si una coincidencia, genuinamente austríaca, no lo hubiera devuelto a su mundo justo a tiempo. Varias veces después de su desaparición, llegaron a su dirección cartas de clientes distinguidos: el conde Schönberg, ex gobernador de Estiria, fanático coleccionista de obras heráldicas, el antiguo decano de la Facultad de Teología Siegenfeld, que estaba trabajando en una crítica de San Agustín, el almirante de flota retirado de ochenta años, Edler von Pisek, que seguía mejorando sus memorias; todos ellos, sus leales clientes, le habían escrito repetidas veces a Jakob Mendel al Café Gluck, y algunas de estas cartas fueron enviadas al hombre desaparecido hasta el campo de concentración. Ahí cayeron en manos del bienintencionado capitán, quien se asombró de los distinguidos conocidos que tenía este judío pequeño, medio asqueroso y ciego, que desde que le habían roto los anteojos (no tenía plata para comprarse unos nuevos) se quedaba acurrucado en un rincón como un topo, gris, sin ojos y mudo. Cualquiera que tuviera amigos así tenía que ser especial. De modo que permitió que Mendel respondiera estas cartas y pidiera a estos personajes que intercedieran en su favor. Eso no tardó en suceder. Con la apasionada solidaridad de todos los coleccionistas, tanto la Excelencia como el decano reactivaron sus contactos, y su aval conjunto aseguró que Mendel el de los libros pudiera regresar a Viena en 1917 después de más de dos años de encierro, bajo la condición de que se presentara todos los días a la policía. Pero sí, se le permitió volver al mundo libre en su antiguo, pequeño y estrecho desván, pudo volver a pasar por sus queridas estanterías y, ante todo, volver a su Café Gluck.

La buena Sra. Sporschil, por su propia experiencia, pudo describirme ese regreso de Mendel de un inframundo infernal al Café Gluck:

—Un día, Jesús y María, no podía creer lo que veían mis ojos, la puerta se abre deslizándose, ya sabe usté, de cierta manera que solo quedaba una rendija para pasar, como solía entrar él, tropezándose, en el café, el pobre Sr. Mendel. Tenía puesto un tapado militar rasgado lleno de zurcidos y en la cabeza algo que alguna vez pudo haber sido un sombrero tirado a la basura. No tenía cuello y parecía la muerte, con la cara gris y canas y tan raquítico que daba lástima. Pero entra así como si na' hubiera pasado, no pregunta na', no dice na', se acerca a la mesa y se saca el tapado, pero no como antes, tan ágil y ligero, sino que al hacerlo respiraba con dificultad. Y no tenía un libro con él como de costumbre, simplemente se sentó y no dijo na', y se quedó mirando hacia adelante con los ojos completamente vacíos y con ojeras. Poco a poco, no obstante, recién cuando le llevamos el paquete de los escritos que habían mandado desde Alemania para él, volvió a leer. Pero ya no era el mismo de siempre.

No, no era el mismo, ya no era el *miraculum mundi*, el archivo mágico de todos los libros. Todas las personas que lo vieron en ese momento me dijeron con tristeza lo mismo. Algo parecía estar irremediablemente destruido en su mirada, que solía ser tranquila y que tan solo leía como si estuviera soñando, algo se había destruido: el horrible cometa de sangre debía haber golpeado con estrépito su frenética carrera, incluso en la remota, pacífica y alciónica estrella de su mundo de libros. Sus ojos, acostumbrados durante décadas a las letras delicadas, silenciosas y del tamaño de las patas de insectos, debieron haber visto algo terrible en ese corral humano, rodeado de alambre de púas, porque los párpados ensombrecían fuertemente las pupilas que alguna vez habían sido tan ágiles e irónicamente brillantes. Su mirada somnolienta y enrojecida, que solía ser tan viva, seguía dormitando detrás de los anteojos reparados, cuidadosamente atados con un fino hilo. Y lo que es aún más terrible: en la fantástica estructura artificial de su memoria algún pilar debió haberse derrumbado y toda la estructura debió venirse abajo; pues nuestro cerebro, ese mecanismo de conexión creado con la sustancia más sutil, ese instrumento de fina precisión mecánica de nuestros conocimientos, es tan delicado que una venita obstruida, un nervio afectado, una célula cansada, una molécula un poco desplazada son suficientes para silenciar la armonía más maravillosamente completa, la armonía esférica de una mente. Y en la memoria de Mendel, en ese único teclado del conocimiento, las teclas fallaron cuando regresó. Cuando cada tanto alguien venía a buscar información, se lo quedaba mirando agotado y ya no entendía exactamente, no escuchaba bien y olvidaba lo que le decían: Mendel ya no era Mendel, como el mundo ya no era el mundo. Ya no se balanceaba hacia adelante y hacia atrás mientras leía, sino que la mayoría de las veces se sentaba rígido, sus anteojos estaban dirigidos hacia el libro solo mecánicamente, sin que nadie supiera si estaba leyendo o si simplemente estaba dormitando. Varias veces, así lo contó la Sra. Sporschil, su cabeza caía pesada sobre el libro y se quedaba dormido a plena luz del día, a veces se quedaba mirando durante horas la extraña y hedionda luz de la lámpara de acetileno que le habían colocado sobre la mesa en aquella época de escasez de carbón. No, Mendel ya no era Mendel, ya no era una maravilla del mundo, sino un paquete de barba y ropa inútil, que respiraba cansinamente, tirado sin sentido en el sillón que alguna vez había sido pítico. Ya no era la gloria del Café Gluck, sino una vergüenza, una mancha maloliente, desagradable a la vista, un parásito incómodo e innecesario.

Eso le pareció al nuevo propietario, llamado Florian Gurtner de Retz, quien, habiéndose enriquecido con el estraperlo de harinas y manteca durante la época de hambruna de 1919, había convencido al honrado Standhartner de que le vendiera el Café Gluck por ochenta mil coronas en efectivo. Con sus firmes manos de campesino tomó las riendas del asunto con agudeza, se apuró a remodelar el venerable café, compró sillones nuevos a tiempo para las malas urdimbres, instaló una puerta de mármol y ya estaba negociando con el bar vecino para añadir un local de baile. Con este apresurado proceso de embellecimiento, le perturbó mucho, por supuesto, este parásito de Galitzia que ocupaba una mesa de la mañana a la noche y solo tomaba dos tazas de café y comía cinco panes. A Standhartner le parecía valioso su antiguo cliente y había tratado de explicar lo especial e importante que era este Jakob Mendel, que, por así decirlo, le había entregado con el inventario como una servidumbre que formaba parte del negocio. Pero Florian Gurtner había adquirido con los muebles nuevos y la brillante caja registradora de aluminio la enorme conciencia de esos tiempos de generadores de ganancias, y solo estaba esperando una excusa para barrer este último y molesto vestigio de miseria suburbana de su local, ahora distinguido. Pronto pareció surgir una buena ocasión, porque Jakob Mendel estaba atravesando un mal momento. Sus últimos billetes guardados habían sido pulverizados por el molinillo de la inflación, sus clientes habían desaparecido. Y para volver a subir escaleras como un pequeño comerciante de libros, vendiendo libros para coleccionar, el hombre cansado carecía de fuerzas. Se sentía desdichado, se notaba por un centenar de pequeños detalles. Rara vez se permitía que le trajeran algo del restaurante vecino, tardaba cada vez más en pagar lo más mínimo por el café y el pan, en una ocasión quedó debiendo durante tres semanas. Ya una vez el encargado había querido ponerlo de patitas en la calle. Entonces, la honrada Sra. Sporschil, la encargada de limpieza de los baños, se apiadó de él y se hizo cargo de sus deudas.

Pero luego, al mes siguiente, ocurrió la desgracia. El nuevo encargado había notado varias veces que en realidad la cuenta nunca coincidía con los productos horneados y consumidos. Cada vez faltaban más panes de los que se servían y pagaban. Por supuesto, sus sospechas se dirigieron de inmediato a Mendel; porque el viejo y tembloroso ordenanza había venido varias veces a quejarse de que Mendel le debía la paga desde hacía medio año y que no podía sacarle ni un centavo. Así que el encargado empezó a prestar especial atención y solo dos días después logró atrapar a Jakob Mendel, escondido detrás de la pantalla de la estufa, mientras se levantaba de su mesa en secreto, se dirigía a la otra sala de al lado y se apuraba en agarrar dos pancitos de una cesta y se los engullía con avidez.

A la hora de saldar las cuentas, afirmó no haber comido nada. La desaparición ya estaba resuelta. El mozo denunció de inmediato el incidente al señor Gurtner, quien, contento por haber encontrado el pretexto durante tanto tiempo anhelado, le gritó a Mendel delante de todos, lo acusó de ladrón e incluso fingió que todavía no había llamado a la policía, y ordenó que se fuera al infierno de inmediato y para siempre. Jakob Mendel se limitó a temblar, no dijo nada, se tropezó al levantarse de su asiento y se fue.

—Fue una lástima —dijo la Sra. Sporschil, describiendo su partida—. Nunca me voy a olvidar cómo se levantó, con los anteojos sobre la frente, blanco como una toalla. No se tomó el tiempo para ponerse el tapado, a pesar de que era enero, ya sabe usté, en aquel año tan frío. Y del susto dejó su libro tirado en la mesa, solo lo noté más tarde, y quise alcanzárselo. Pero para entonces ya había salido tropezando por la puerta. Y no me hubiera animado a seguirlo por las calles, porque el Sr. Gurtner se había parado en la puerta y le gritaba de tal manera que la gente se había frenado a mirar.

¡Sí, fue una pena, estaba avergonzada hasta lo más profundo de mi alma! Algo por el estilo no hubiera pasado jamás con el viejo Sr. Standhartner, que a uno lo echaran por solo unos pancitos, con él podría haber comido gratis toda su vida. Pero la gente de hoy no tiene corazón. Ahuyentar a alguien que se había sentado ahí día tras día durante más de treinta años... Realmente, es una vergüenza y no quiero justificar nada ante Dios... Yo no.

Se había alterado mucho la buena mujer, y con la locuacidad apasionada de la vejez seguía repitiendo eso de la vergüenza y de que el Sr. Standhartner no habría sido capaz de algo semejante. Así que al final tuve que preguntarle qué había sido de nuestro Mendel y si lo había vuelto a ver. Entonces se volvió demente y se emocionó aún más:

—Todos los días cuando pasaba por su mesa, cada vez, créame usté, se me partía el corazón. Siempre tenía que pensar dónde estaría entonces el pobre Sr. Mendel. Y si hubiera sabido dónde vivía, habría ido a llevarle algo caliente, porque ¿de dónde podría haber sacado el dinero para la calefacción y la comida? Y, que yo sepa, no tenía parientes en el mundo. Pero al final, como no supe nada más de él, pensé que debía estar muerto y que nunca lo volvería a ver. Y ya me estaba preguntando si no debía hacer que le leyeran una misa, porque era una buena persona, y todos lo conocían hacía más de veinticinco años.

»Pero una vez por la mañana, a las siete y media, en febrero, estaba limpiando el latón de las rejas de la ventana, y de repente (pensé que me iba a dar un ataque), de repente se abre la puerta y entra Mendel. Ya sabe usté, él siempre entraba caminando torcido hacia adelante y confundido, pero esta vez era de alguna manera diferente. Advierto enseguida que algo lo arrastraba de un lado a otro, tenía los ojos muy brillantes y, Dios mío, cómo se veía, ¡solo piernas y barba! Inmediatamente al verlo así se me ocurre que él no se estaba dando cuenta de nada, caminaba dando vueltas a plena luz del día como un sonámbulo, se había olvidado de todo, de los pancitos y de lo del Sr. Gurtner y de qué forma vergonzosa lo habían echado, no sabía ni siquiera quién era él mismo. Gracias a Dios que el Sr. Gurtner no había llegado y que el encargado se estaba tomando su café. Salté hacia ahí rápidamente, para dejarle claro que no debía quedarse y que no debía dejarse echar por ese tipo grosero —y ella miró a su alrededor con timidez y rápidamente se corrigió—. Quiero decir, por el Sr. Gurtner. Así que lo llamé: "Sr. Mendel". Levantó la mirada. Y luego, en ese momento, Dios mío, fue horrible, en ese momento debió haberse acordado de todo, porque se sobresaltó enseguida y empezó a temblar, pero no solo le temblaban los dedos, sino él en su conjunto empezó a tiritar, que se le podía ver hasta en los hombros, y luego se fue trastabillando de prisa hacia la puerta. Y ahí se desplomó. Llamamos a emergencias de inmediato y se lo llevaron, febril como estaba. Murió al anochecer, neumonía aguda, dijo el médico, y añadió que tampoco estaba muy seguro de cómo había llegado al café. La fiebre lo había llevado hasta allí, como a un sonámbulo. Dios mío, si te pasaste treinta y seis años de tu vida sentado ahí una vez al día, entonces esa mesa es como tu hogar.

Seguimos hablando un buen rato sobre él, las dos últimas personas que habían conocido a este particular ser humano, yo, a quien de joven, a pesar de su existencia microscópica, el Sr. Mendel le había dado el primer indicio de lo que es una vida completamente centrada en el espíritu; ella, la pobre y consumida encargada de la limpieza de los baños, que nunca había leído un libro, pero que se sentía conectada a este camarada de su pobre mundo inferior tan solo por haberle cepillado el tapado y cosido los botones durante veinticinco años. Y, sin embargo, nos entendimos maravillosamente bien en su vieja mesa abandonada en compañía de la sombra conjurada por nosotros; porque el recuerdo siempre une y cada recuerdo se duplica por el amor. De repente, en medio de la charla, recordó:

—Jesús, qué olvidadiza estoy... Todavía tengo el libro que dejó sobre la mesa en ese entonces. ¿Adónde habría podido llevárselo? Y después, como nadie lo reclamó, pensé que debería guardarlo como un recuerdo, ¿cierto? No hice nada malo.

Se apuró a sacarlo de su cobertizo trasero. Y me esforcé por reprimir una pequeña sonrisa; porque al destino, que siempre es lúdico y a veces irónico, le gusta mezclar de forma maliciosa lo cómico con lo estremecedor. Era el segundo tomo de la *Bibliotheca Germanorum erotica et curiosa* de Hayn, el compendio de literatura galante, bien conocido por todo coleccionista de libros. Era precisamente aquel catálogo escabroso *—habent sua fata libelli—* el que había ido a parar, como el último legado del mago que se había marchado, a esas manos ignorantes, arrugadas, enrojecidas y agrietadas, que probablemente nunca hubieran sostenido otra cosa que el libro de oraciones. Me esforcé en apretar los labios para evitar esa sonrisa involuntariamente imponente que surgía de mi interior, y esta pequeña vacilación confundió a la buena mujer. Ella preguntó si al final se trataba de algo valioso, o si me parecía que ella se lo podía quedar.

Le estreché la mano afectuosamente.

—Quédeselo tranquila, nuestro viejo amigo Mendel estaría encantado de que al menos una entre las miles de personas a las que les proporcionó un libro todavía lo recuerde.

Y luego me fui y me avergoncé frente a esta buena anciana que se mantuvo fiel a este hombre muerto de una manera ingenua y, sin embargo, muy humana. Porque ella, que no había estudiado, al menos había conservado un libro para recordarlo mejor, pero yo me había olvidado de Mendel el de los libros durante años, precisamente yo, que debería saber que los libros solo se escriben para conservar un vínculo con las personas, más allá del propio aliento, y así defenderse del implacable adversario de toda vida: la fugacidad y el olvido.

# Acerca de Stefan

Stefan Zweig nació en Viena, Austria, el 28 de noviembre de 1881. Criado en una familia judía acomodada, se interesó por la literatura y la escritura ya desde sus primeros años de adolescencia. Estudió en la Universidad de Viena, donde obtuvo un doctorado en Filosofía e incursionó en los estudios literarios. Hacia 1901 publicó su primer poemario, y tan solo unos años después, su primera novela. A lo largo de su trayectoria literaria escribió novelas, poesías y ensayos, e incluso teatro. A su vez, realizó traducciones y biografías.

Durante la Primera Guerra Mundial, debido a su patriotismo, sirvió al Ejército austrohúngaro con tareas administrativas, ya que no era apto para participar en combate. Escribió varios artículos apoyando el conflicto. Sin embargo, luego de esta experiencia y después de ser testigo de las implicancias de la guerra, cambió radicalmente su posición. En base a ello, escribió *Jeremías*, donde estableció sus firmes convicciones antibelicistas, por las que tuvo que exiliarse a Suiza. Durante su exilio pudo publicar su obra y trabajó como corresponsal, escribiendo sobre la realidad bélica desde una perspectiva apartidista y pacifista.

Gracias a las posibilidades adquisitivas de su familia, Zweig pudo viajar mucho. Ya antes de la guerra había conocido la India, Estados Unidos y muchas ciudades de Europa. Luego, pudo conocer Alemania y la Unión Soviética y, más adelante, viajaría también por América del Sur. Estos viajes marcaron la identidad de las obras que escribiría en protesta frente a la situación mundial de su época y también fueron su oportunidad de conocer a poetas y artistas.

Luego de finalizada la guerra, volvió a Austria y se instaló en Salzburgo, donde se casó con Friderike Maria Burger (de quien se divorciaría en 1938), una traductora y periodista. El período de entreguerras fue el más productivo de su carrera: durante este tiempo escribió *Una partida de ajedrez*, *Momentos estelares de la humanidad*, *La piedad peligrosa*, entre otros. En la mayor parte de su producción se opuso al nacionalismo y propuso temáticas y personajes íntimamente relacionados con los conflictos y el peligro. Desde 1933, con la llegada de Hitler al poder, sus obras fueron prohibidas.

En 1934 tuvo que exiliarse nuevamente —esta vez a Gran Bretaña—, debido a la ocupación nazi en Austria. Luego se trasladó a Francia y después a América del Norte, donde comenzó sus viajes por el continente. En 1941 se instaló en Brasil con su esposa Lotte Altmann, donde ambos se suicidaron el 22 de febrero de 1942 en vista de la avanzada del nazismo. Antes de suicidarse escribió cartas a todos sus amigos y conocidos, pidiendo disculpas y explicando las causas de su muerte. En 1944 se conoció su autobiografía: *El mundo de ayer.* Stefan Zweig es considerado uno de los escritores más importantes del período de entreguerras.

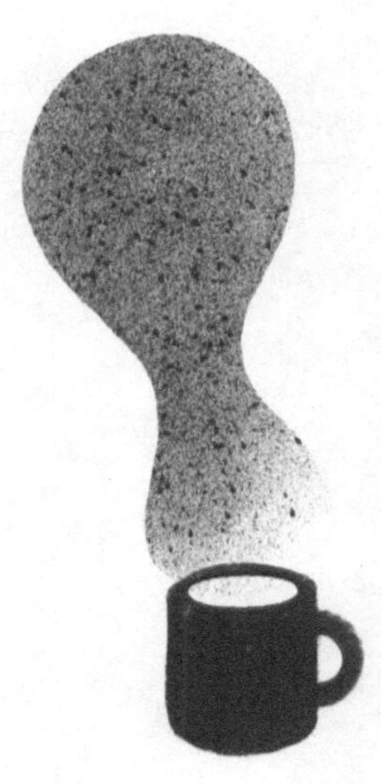

Colección Stefan Zweig

1. Una partida de ajedrez [novela]
2. Carta de una desconocida [novela]
3. Los ojos del hermano eterno [novela]
4. El candelabro enterrado [novela]
5. Veinticuatro horas en la vida de una mujer [novela]
6. Mendel, el de los libros [novela]
7. Momentos estelares de la humanidad [ensayo]
8. Noche fantástica [cuentos]
9. Ardiente secreto [novela]

Queremos hacer libros
cada vez mejores, para eso
necesitamos saber qué pensás.

Envianos un mail y contanos lo
que pensás sobre este libro
**info@edicionesgodot.com.ar**

O respondé una breve encuesta:
**bitly.com/edgodot**

Libro
compuesto
en tipografía Stempel
Garamond 13/17 creada por
Claude Garamond en el siglo XVI
en Francia, versión de la fundición
Stempel en 1924. Notas al pie en
10pt y títulos en Helvetica
Neue en 22pt.

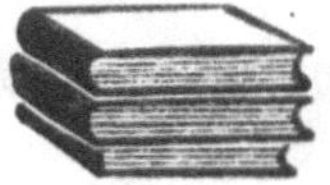

www.edicionesgodot.com.ar
info@edicionesgodot.com.ar
Facebook.com/EdicionesGodot
Twitter.com/EdicionesGodot
Instagram.com/EdicionesGodot
YouTube.com/EdicionesGodot

www.ingramcontent.com/pod-product-compliance
Lightning Source LLC
La Vergne TN
LVHW101914220826
846093LV00008B/250

* 9 7 8 9 8 7 8 4 1 3 8 0 8 *